LES VŒUX

D'UN CITOYEN,

ODE AU ROI,

AVEC UN MORCEAU DE POÉSIE CHAMPÉTRE,

PAR M. LE BARON DE TSCHOUDI.

A LONDRES,

Et se trouve à Paris

M. DCC. LXXX

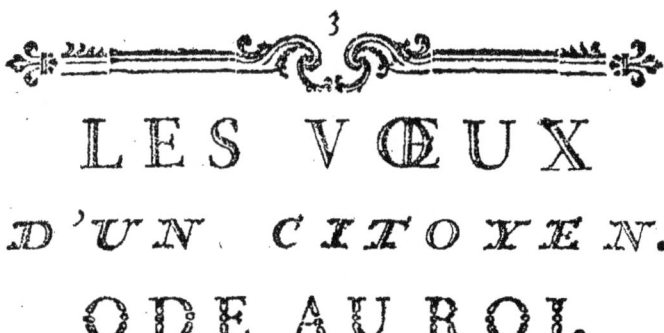

LES VŒUX
D'UN CITOYEN.
ODE AU ROI.

Périsse le Poëte, ami de la fortune ;
Qui, des malheurs du peuple aux hommes tout-puissans,
    Sous un nuage épais d'encens,
    Dérobe la vue importune ;
    Lui qui, des sublimes vertus
Doit porter dans les cœurs la flamme active & pure ;
Lui qui doit arracher le cri de la nature,
En faveur des humains, sous le joug abattus.

    Pour moi qui, chérissant mon obscurité fiere ;
Loin du Palais superbe, habite au sein des bois,
    Qui n'ai jamais prêté ma voix
    Qu'aux pleurs muets de la misere ;
    O jeune Roi dont la bonté,
Tempère d'un souris l'éclat de la Couronne !
Embrassant à genoux les marches de ton Trône ;
Je t'apporte en tribut l'utile vérité.

                        A

LAISSE aux Rois belliqueux étendre leurs domaines ;
Viens féconder le fein de nos terreins ingrats ;
  Tout l'art d'agrandir les États
  Eft d'en fertilifer les plaines.
  Que fur nos champs où la douleur,
Où la pâle difette accufent l'abondance,
Où parmi les moiffons expire l'indigence,
L'aurore de ton régne étende le bonheur !

  PROFITE des momens où refpire la terre ;
L'inquiet Léopard fe dévore le flanc ;
  La Sprée a regorgé de fang ;
  Le Nord a lancé fon tonnere ;
  Le Tage en fes vallons fleuris,
Sous les loix des Bourbons voit couler fa belle onde,
Et l'Aigle des Céfars , dans une paix profonde ,
Se repofe & s'endort fous la garde des Lys.

  DE vils Tyrans du peuple ont défolé la France ;
Voilà tes ennemis. O Prince généreux !
  Ils ont , du fang des malheureux ,
  Enflé leur coupable opulence.
  Livre-les au glaive des loix ;
Ta clémence cruelle enhardirait leurs crimes ;
La patrie indignée a marqué fes victimes ;
La haine des méchans eft la bonté des Rois.
        A ij

AVANT que, dans le fein des campagnes fauvages,
Le foc lourd & pénible eût ouvert les fillons,
Alcide avait des Géryons,
Réprimé tous les brigandages ;
Si fon bras, par d'heureux efforts,
N'eût puni leurs forfaits au défaut du tonnerre,
Bientôt on les eût vu, fe partageant la terre,
Au refte des humains, en ravir les tréfors.

VERS la chaumiere au moins fi l'utile opulence,
De fes profufions dirigeant les canaux ;
De fon or payait les travaux
De l'induftrieufe indigence :
O fi, prodiguant les fecours
A ces cultivateurs des champs de ma patrie,
Tu rendais tes tréfors à leur fource tarie,
Et, jufqu'aux malheureux, tu prolongeais leur cours.

AH ! tu verrais bientôt l'efpoir, qui les ranime,
Ramener l'innocence & le calme en leur fein ;
L'impérieux cri de la faim
Ne les poufferait plus au crime ;
Et s'il fallait encor punir,
La rigueur de nos loix, dès-lors plus pardonnable,
N'aurait plus à venger fur l'indigent coupable,
Des forfaits que l'État aurait dû prévenir.

A ij

Le pauvre eſt criminel dès qu'il peut le paroître ;
Dans la nuit des cachots il conſume ſes ans ;
  Hélas ! il eſt puni long-temps
  Avant qu'on ſache s'il doit l'être.
  Malheureux ! tu ſeras vengé :
Nos ſages Magiſtrats , ſoutiens de la patrie ,
Écouteront enfin la raiſon qui leur crie :
» Un homme eſt innocent tant qu'il n'eſt point jugé.

 Mais quelle horreur, ô ciel ! des plus affreux ſupplices,
Puniſſant le voleur comme un noir aſſaſſin ,
  Du meurtre commis par ſa main ,
  Les loix mêmes ſont les complices ;
  Conduit au vol par le beſoin ,
Avant d'armer ſon bras , il héſite , il friſſonne ;
Il voit les échaffauds... La pitié l'abandonne...
Il épargnait un homme , il immole un témoin.

 Naissez jours bienfaiſans où l'équité ſublime ,
De la peine aux forfaits égalant les degrés
  Par des châtimens meſurés ,
  Préviendra les progrès du crime ;
  Où par les plus ſages rigueurs ,
Le Scélérat ſouſtrait à des tourmens ſtériles ,
Arroſant nos chantiers de ſes ſueurs utiles ,
En ſervant la patrie , expiera ſes fureurs.

Toi, Soldat fugitif, des loix trop inhumaines
Ne te traîneront plus au pied de tes drapeaux,
  Pour y rencontrer des bourreaux
  Dans les compagnons de tes peines.
  Pour quelques droits, quelques tributs
Qu'il élude, avec crainte, au sein de la misère,
Le pauvre, adouciffant un tribunal sévére,
Sous un poteau honteux enfin ne mourra plus.

Villageois vertueux ! ô mon ami ! mon frere !
Je ne te verrai plus*, accablé de regrets,
  Quitter les travaux des guérets
  Pour de longs labeurs sans salaire ;
  Et sous l'œil d'un maître inhumain,
Fatiguant un hoyau sur nos chemins superbes,
Les teindre de ton sang, y dévorer des herbes,
Et décorer la France en mendiant ton pain.

Et qui des loix alors n'appuyant la sageffe ;
Sur les crimes secrets les yeux toujours ouverts,
  N'osera livrer le pervers
  A leur équité vengereffe ;
  Tandis que leur atrocité,

---

* Parce que les malfaiteurs feront employés aux travaux publics.

Étouffant dans nos cœurs le cri de la juſtice ;
Nous force à dérober le coupable au ſupplice,
Dont l'excès trop cruel produit l'impunité.

AINSI des loix de ſang s'énerve la puiſſance ;
Leur inactivité démontre leurs erreurs.

    Les loix ſages ont ſur les mœurs
    Une invariable influence ;
    Chacun ſe montre leur ſoutien,
Quand, mêlant à leur force une douceur utile ;
Et de nos paſſions réglant le cours docile,
Par l'attrait du bien même elles mènent au bien.

HOMME ! à quoi t'a ſervi la bienveillance aimable
Les pleurs dont en naiſſant te douerent les Cieux ,
    Et ce beſoin ſi précieux
    De l'eſtime de ton ſemblable ;
    Si, comme un Être né méchant,
Les loix, pour te régir, n'uſant que de tortures ;
Dédaignérent l'eſſai des reſſources plus ſûres,
Que l'amour & l'honneur trouvent dans ton penchant.

POURQUOI tout ce concours , cette foule barbare ;
Sur qui des échaffauds jaillit le ſang impur !
    Ce ſpectacle rend l'homme dur ;
    Le crime en devient il plus rare ?
    O ! ſi, pour couronner les mœurs ;

L'éloquence & Thémis montaient dans les tribunes ;
Les touchantes vertus deviendraient plus communes,
Et des yeux attendris passeraient dans les cœurs.

DE leurs jours éclatans je vois naître l'aurore ;
Sur un double pouvoir leur regne s'établit ;
  Une Reine les embellit,
  Son auguste époux les honore :
  Pour combler nos plus chers desirs,
Par des liens de fleurs les unissant aux graces,
Ils invitent la France , attachée à leurs traces ,
A réunir enfin les mœurs & les plaisirs.

LE luxe dévorant levant sa tête altiere ;
Insultait à nos maux & corrompait les cœurs,
  LOUIS , du faîte des honneurs,
  Le fait rentrer dans la poussiere ;
  Il retranche un faste emprunté ;
Ce qu'il ôte à la Cour, il le donne au Royaume.
Il veut que le bonheur habite sous le chaume ,
Et la justice ajoute un titre à sa bonté.

DE leur intime accord le bien public va naître ;
Des bienfaits prodigués tu redoutes l'éclat
  LOUIS ! des trésors de l'État
  Tu feras enfin le seul maître ;
  De ceux qu'élevent ses débris ,

Ofe déconcerter le zèle mercenaire ;

Dans leurs vaines clameurs qu'ils te nomment févére ;

La voix d'un peuple heureux étouffera leurs cris.

O regne d'un Roi pere ! O jours pleins d'efpérance !

Vous jettez fur ma vie une douce clarté,

Vous faites ma félicité,

De celle qui luit fur la France.

Cieux, dont Augufte eft un préfent !

Comblez-le des bienfaits que fa main nous affure ;

Que le bonheur promis à la race future,

Soit goûté par fon cœur comme un fruit du préfent.

MES SOUVENIRS.

LEs voilà donc ces lieux aimés,
Ces lieux où ma premiere amie
Reçut, au matin de ma vie,
Les premiers vœux que j'ai formés :
C'eſt-là qu'à mes regards charmés,
L'amour un ſoir offrit Julie.
Le doux ſommeil l'embelliſſait,
Un lit de fleurs formait ſa couche,
Un foible ſouris paroiſſait
Ouvrir les roſes de ſa bouche.
Un voile flottant ſur ſon ſein,
Et l'abandon de ſa parure,
La lumiere paiſible & pure,
Des feux mourans d'un jour ſerein ;
Ma jeune & charmante maîtreſſe,
Qu'un zéphir léger carraiſſait,
Dont l'attitude enchantereſſe
Peignait, reſpirait la moleſſe,
Tout alors, tout m'intéreſſait ;
Mon cœur qui s'épanouiſſait,
Du plaiſir éprouva l'yvreſſe.

PROMPT & muet raviſſement !

B

Fougue des fens, rapide flamme!
Vous n'étiez point le fentiment;
Je le connus., quand fa belle ame
Eut mis fa grace en mouvement.
O volupté pure ! ô tendreffe !
O jours fortunés des amans !
Hélas ! avec quelle vîteffe
Ont paffé de fi doux momens ;
Pourquoi les fleurs de la jeuneffe
Ne durent-elles qu'un printemps ?
Mes illufions effacée s
Anéantiffaient mon bonheur ,
Et dans le vide de mon cœur ,
Rien ne les avoit remplacées.

Un foir folitaire & rêveur,
J'errais fous un fombre feuillage ;
Phœbé mêlait à cet ombrage
Les doux reflets de fa pâleur :
Rien n'interrompait le filence
Qu'un faible murmure des eaux ;
Le zéphir avec indolence
Se balançait fur les rameaux :
Philomèle avec négligence ,
Du court éclat de fa cadence ,
Faifait foupirer les échos.

BIENTÔT une langueur fecrette
Eut pénétré dans mes efprits ;
Sur la moufse & la violette
Par le fomeil je fus furpris ;
Je crus voir la double coline ;
Je crus errer parmi fes bois ;
Là des filles de Mnémofine,
J'entendis les céleftes voix.
Elles chantaient la bienfaifance
Des demi-Dieux dont l'exiftence
Fut un tréfor pour les humains,
Dieux des beaux arts qui, de leurs mains
Les protégeant dans leur naiffance,
Soutinrent leurs pas incertains.

AUX accens de leur voix fuprême,
Par degrés fe rouvrait mon cœur ;
Soudain je fentis en moi-même
S'allumer un feu créateur :
Il m'agite, il détruit mon fonge ;
Mais un fonge eft-il une erreur,
Quand c'eft un Dieu qui nous y plonge
Pour nous révéler le bonheur ?
Je m'éveillai dans la rofée,
L'œil humide encore de pleurs ;
A mes côtés était pofée
Une lyre parmi les fleurs.

Épris du plus heureux délire,
Dont jamais je fus transporté,
Je m'en souviens, je pris la lyre,
Le jour naissait, & je chantai :

» LA nuit a replié ses voiles ;
» L'ombre fuit dans son char obscur,
» Et déja les pâles étoiles
» S'éteignent au sein de l'azur.
» Sur le char brillant de l'aurore,
» Porté sur l'aîle des zéphirs
» Le front couronné des saphirs
» Dont le jour naissant se colore,
» L'être bienfaisant que j'adore
» parait. Son souris fait éclore
» Les tendres fleurs, les doux plaisirs ;
» Des cieux il ouvre la barriere,
» De ses vêtemens de lumiere,
» Ce Dieu remplit le firmament.
» Tressaille de joie, ô nature !
» Réveille-toi brillante & pure ;
» Voici ton maître & ton amant.
» Épanouis-toi jeune rose,
» Bois le nectar dont il t'arrose ;
» Cascade fais jaillir tes eaux,
» Épi naissant penche ta tête ;
» Cédres, vainqueurs de la tempéte ,

» Saluez-le avec vos rameaux.

  » QUE la terre est fraîche & brillante ;
» Que cette vapeur odorante
» Porte un doux calme dans mes sens ;
» Dieu bienfaiteur reçois l'encens
» De la terre reconnoissante ;
» Ouvre l'oreille à ses accens !
» Vive Sylla *, prends la volée,
» Quitte le sein des blés nouveaux ;
» Et donne de ta voix perlée
» Le signal au chœur des oiseaux ;
» Élève ton aile agitée ;
» Plane au-dessus de la portée
» De mon regard qui te conduit.
» Déja ta voix à mon oreille,
» Du haut de la voûte vermeille,
» N'apporte plus qu'un faible bruit.
» Va, nage au sein de la lumière
» Que disperse l'auteur du jour,
» Et que ton hymen printaniere
» L'entretienne de mon amour ! «
  AINSI, de mon ame ravie,
J'exprimais les heureux transports ;
Je respirai dans ces accords

* L'Allouette.

Le nouveau charme de ma vie.
Plus ému, plus aimant dès-lors,
Je retrouvai dans la nature;
Plus d'intérêt, plus de grandeur;
Dans la plus faible créature,
Par-tout je fentis fon auteur;
Et vers lui mon ame élancée,
S'affociant par la penfée
Aux dons qu'il nous verfe des cieux,
Je ne tardai pas à connaître
Que c'eft en faifant des heureux
Que l'on parvient foi-même à l'être.

ALORS; formant les plus doux vœux,
Je m'écriai dans mon délire :
Oh ! quel bien de pouvoir me dire :
Là, dans le cœur d'un malheureux,
L'efpérance que j'ai fait luire,
Éclaircit fon front ténébreux;
Je l'ai vu pleurer & fourire,
Mes yeux, dans fes yeux fatisfaits,
Ont goûté le prix des bienfaits.
C'eft aux bords de cette fontaine
Que, dans un champêtre feftin,
J'unis les cœurs, j'unis la main
De ces deux mortels, dont la haine
A fi long-temps troublé le fein.

C'est fous cette ombre triomphale
Que , dans leur marche nuptiale ,
J'accompagnai ce couple heureux ;
Comme Annette baiffait les yeux
Sur fes guirlandes paftorales ,
Quand Lubin , montrant tous fes feux ,
Faifait d'un regard amoureux
Rougir fes graces virginales.

Qu'il vienne ce couple d'amans
Dans ma folitude ignorée ;
Je veux qu'elle ne foit parée
Que par des vifages contens.
Oh ! quand, d'une belle foirée ,
J'irai refpirer la fraîcheur ,
Quelle jouiffance épurée ;
D'entendre les chants du bonheur ,
Et chaque jour à ma préfence ,
L'hymne de la reconnaiffance
Rétentir au fond de mon cœur.

Je veux que la troupe légére ;
Des beaux arts vêtus en Bergers ,
Quitte les bofquets de Cytere
Pour mes bofquets & mes vergers ;
Qu'ils n'y chantent que la nature ,
Ses riches dons , fa douce paix ;

Qu'ils préférent ſes biens ſi vrais
A des biens remplis d'impoſture,
Et la volupté des bienfaints
A la volupté d'Épicure.
Jamais dans la ſimplicité,
Seul ornement de ma cabane,
Jamais le pinceau de l'Albane
De quelque Déité profane
Ne m'offrira la nudité :
De Vénus oubliant les traces,
Je veux qu'il y peigne les graces
Qui conſolent l'humanité ;
Ou bien l'indulgente ſageſſe,
Qui repouſſe l'auſtérité,
Et prend des mains de la jeuneſſe
Les chalumeaux de la gaieté.

O toi, divine poéſie,
Art auguſte & conſolateur !
Viens auſſi ; Mais que ton génie,
Chez moi n'émane que du cœur :
Ton prix ne ſera qu'une fleur ;
L'aſpect riant de l'abondance,
Un doux ſouris de l'innocence,
Ou bien les larmes du bonheur.

Oh ! ſi le Dieu de la tendreſſe,

Revenant habiter mes toits,
Y faifait briller quelquefois
Quelques rayons de ma jeuneffe!
Si je pouvois, après un jour
Embelli par la bienfaifance,
Entre l'hymen & la décence
Penché fur le fein de l'amour,
Dire à l'époufe la plus chere :
Ton époux eft content de lui;
Ah, tout le bien que j'ai pu faire,
Je l'ai fait encore aujourd'hui!

F I N.